掌小説・随想集

てのひらの愛

やまねよしみ・四方康行

Shikata Yasuyuki

（挿絵　四方 芳美／晴姫 芳巳）

料金受取人払郵便

大阪北局
承　認

1357

差出有効期間
2020 年 7 月
16日まで
(切手不要)

郵便はがき

553-8790

018

大阪市福島区海老江5-2-2-710

㈱風詠社

愛読者カード係 行

ふりがな お名前		明治　大正 昭和　平成　年生　歳		
ふりがな ご住所	□□□-□□□□			性別 男・女
お電話 番　号		ご職業		
E-mail				
書　名				
お買上 書　店	都道府県　市区郡	書店名	書店	
		ご購入日	年　月　日	

本書をお買い求めになった動機は？
1. 書店店頭で見て　2. インターネット書店で見て
3. 知人にすすめられて　4. ホームページを見て
5. 広告、記事（新聞、雑誌、ポスター等）を見て（新聞、雑誌名　　）

風詠社の本をお買い求めいただき誠にありがとうございます。
この愛読者カードは小社出版の企画等に役立たせていただきます。

本書についてのご意見、ご感想をお聞かせください。 ①内容について	
②カバー、タイトル、帯について	
弊社、及び弊社刊行物に対するご意見、ご感想をお聞かせください。	
最近読んでおもしろかった本やこれから読んでみたい本をお教えください。	
ご購読雑誌（複数可）	ご購読新聞 新聞

ご協力ありがとうございました。

※お客様の個人情報は、小社からの連絡のみに使用します。社外に提供することは一切ありません。

まえがき

掌編……原稿用紙三枚に収める作品なるものを知ったのは、二年前。仕事が一段落して正式に小説の書き方でも習おうかと地元紙発行の「中国新聞社」文化センターの講座に参加したことがきっかけだった。

元株式会社文藝春秋　編集長　高橋一清氏の講義は、受講生が提出した原稿への寸評に加え、文章を書く上で知らなければならない決まり事、つまり「いろは」が懇切丁寧に繰り返される。

「いろは」については、初めて知る内容が盛りだくさん。かつて新聞社のレポーターとして教育を受けたものとは違うこともあり、相当勉強になる。

　そんな「いろは」に戸惑いながらも、期間にしてトータル十五年ほどになる新聞二紙の執筆に慣れた自分にとって、掌編は取り掛かりやすい分量で、とてもまとめやすい。

　いや、複雑な展開を長文で書き下すことは苦手。つまり、脳の構造がいたって単純な自分にはうってつけと言ったほうが適切かもしれない。

　しかし書いてみれば、そう単純でもない。原稿用紙三枚にいったいどれほどの内容を盛り込めるか、読みやすく、理解しやすく、内容も濃く、読み手に感動や共感、クスリと笑う癒しを提供しうるものが書けるか……いつも限りない挑戦を強いられる。

教室では、今夏五編目を提出したばかり。一編目は『呵々』だった。最後の下りが甘すぎると注意を受けた。二編目は『夢のエルザさん』。「夢は夢。夢から覚めたら終わり。夢の話はダメ」と。新聞でも、デスクに「腐ったネタは何度書き直してもいいものにはならない」と言われた。捨てるべきなのだろうが、本当に見た夢のエルザさんを忘れきれず、未練たらしく内容を変えて書き換えてみた。三編目は『木槿の花』。実は、『木槿の花紫』と書いて「造語はダメ」。そして、やはり最後の部分は「唄になっちゃったね」と。そう、終わり方が私にとって一番の課題。どう締めくくるべきか、いつも迷う。書き直しているが、果たして課題を通過しているか……。四編目の『晴れの呪文』で初めて褒められた。自慢げに本書の最初に持ってきてみた。

まだまだ力不足の現状。恩師高橋氏を始め皆様方には、成長の過程とお目こぼしの上ご笑覧いただければありがたい。

最後に高橋氏に。今日までに感謝するとともに今後のご指導を重ねてお願いしたい。また、「筆名は漢字で」と繰り返しのご注意がありながら既存の書籍との関連上、平仮名の筆名で出版する厚かましさをお許しいただきたいものである。

やまねよしみ

目次

やまねよしみ

小説

四方康行

随想

小説

やまねよしみ

晴れの呪文

スペインに来て五日目。里美は観光バスでラ・マンチャ州の州都「町全体が博物館」と言われる世界遺産の街トレドに向かっていた。窓外にはピンクや白の花の満開のアーモンド畑が広がっている。

「まぁ、日本の桜みたい」

ツアー客の声に、里美は桜の季節であることを思い出す。むしょうにアルベルトに会いたくて、思わず参加したツアーだった。

アルベルトとは、丁度一年前に広島で知り

合った。市民ボランティアとして参加した平和学習会でのことだ。総勢三十名で、外国人は彼だけだった。
「私はスペインから来ました。トレドの大学で教えています。名前はアルベルト。ほらっ、腰にベルトがあるでしょ、アルベルト」
片言だが彼の日本語は面白く、名前も憶えやすかった。見かけは、逆三角形の顔に黒髪で細身、まさにスペインが生んだ世界的名作『ドン・キホーテ』の主人公アロンソ・キハーノのよう。すぐに仲良くなった里美は呉の大和ミュージアム、宮島、岩国の錦帯橋を案内した。離れがたかった。彼がスペインに帰ってからもメールやスカイプで話した。そして「スペインに来い」と言ってくれたのだ。

　十一の丘から出来ているという高台のトレドの旧市街のアップダウンの細道を皆と歩調を合わせて歩きながら、里美はひたすらアルベルトからの連絡を待つ。登り道は頑張って歩き、下り坂になった途端に吹き上げるヒンヤリした風に癒され、泣き虫だった小さい頃に祖母がいつも唱えてくれたおまじないをつぶやいた。あした天気になぁれ。

「ここが一番のビュースポットですよ。はい、お写真を」

　ギリシャ人画家エル・グレコの絵画があるトレド大聖堂の中や横の広場、民家の間の小道など、ガイドはやたらと写真撮影を勧める。里美にとってはそれどころではない。心臓が

ドキドキ鳴っている。

一時間半、とうとうトレド観光は終わった。新市街地のほうで待つバスへと向かう下りエスカレーターで、里美は慌てて大学はどこかと聞いた。ガイドは、左下を指差した。大学はタホ川のほとりにあった。あれが、と確認すると里美はすぐに目をそらした。

バスはトレドを後にして北に七十キロ離れたマドリード市内へ向かう。もう駄目だ、諦めよう。日程は知らせてるけど、マドリードまで来るはずがない。私……ばかみたい。里美は押し寄せる後悔を必死でこらえる。

夕方五時、市内のフラメンコ店に着いた。

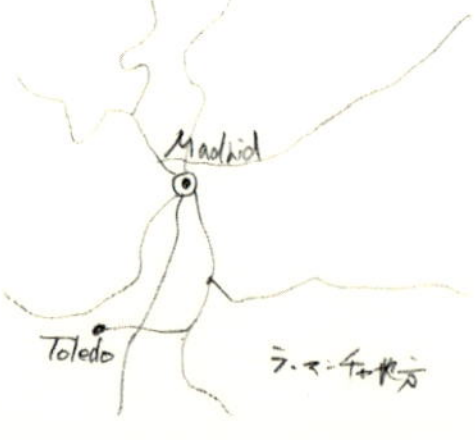

小さな木戸をくぐって案内された店内の中央にステージがある。最前列の席だと皆は喜ぶ。里美は両手を握りしめ、そっと目を閉じる。

ショーが始まった。カンテ（歌）、スパニッシュギター、カスタネットの三人と踊り手が登場。「オーレ」の声が飛ぶ。歓声は高まりひときわ轟いた時、踏み鳴らす靴音が止まる。突然の静寂に促されて里美は目を開けた。ステージの上でフラメンコ衣装のアルベルトが、くわえていたバラを差し出して笑っている。

木槿《むくげ》の花

「なんでこんなとこ買ったんかねぇ」

正子《しょうこ》はため息をつきながら、長い石段を上る。毎年の盆行事は角先でキュウリの馬を飾って迎えるのだが、墓所まで迎えに行くのが正式だと知り、今年は墓所まで迎えに来たのだ。

墓には、正子の母と義父と妹の三人が一家揃って仲良く眠っている。盆法要は四日間。母の残した家で膳の支度や読経だけの法要の毎日を過ごす。離婚して忙しく働く正子にとって、仕事から離れた久しぶりの静かな時。

浄土宗の膳は、漆を塗った小さな皿や椀が台付きの盆に並んで、まるでままごとのよう。「お姉ちゃん食べて行って」と薄口の料理をテーブル一杯に並べてくれた妹。妹は十六歳違いで可愛かった。

「三十三歳。若すぎたねぇ」

正子は、再婚した母の家族と一緒に暮らしたことはない。

「二歳半くらいの時だったかな」

父を捨てた母は正子を実家に置き、義父と駆け落ちした。ビシャ。中廊下に面したふすまの閉まる乾いた音を忘れない。伯母が「正子が手を詰めたらどうするの」と叫んだ。一人ぽっちになった正子を不憫に思った祖父母

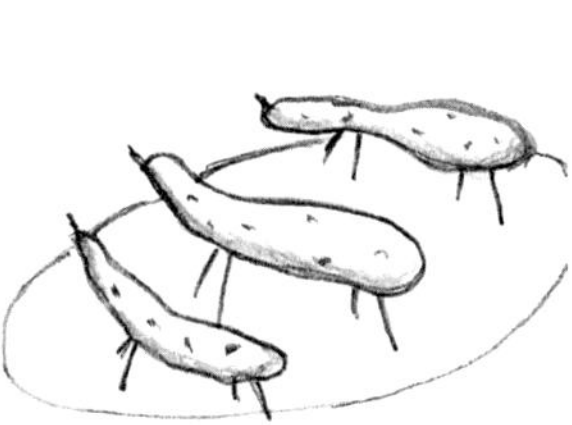

が養女にし、正子と母は姉妹になった。

くるくる回る盆提灯。正子は一気にいろいろなことを思い出す。幼い頃の夏、珍しく会いに来てくれた母にすり寄ると「暑い暑いあっちに行って」と追い払われた。「お前さえいなければ」の母の言葉に自殺を図って死ねなかった高校一年。年老いた母は、母の体に触れないほど心が壊れた正子に「足の爪を切って」とせがんだ。母を捨てたいと思った。

それでも、家族に先立たれ一人ぽっちになった母を正子は引き取った。同居して一年、八十歳の誕生日から三か月過ぎて母は突然逝った。虚血性心不全。正子の帰りを待ちながら玄関先で倒れていた。

いつ帰るかと執拗に聞いてくる母を無視して仕事を優先した自分を、正子は責めた。後悔と怒りで叫びたくなるのを必死でこらえた。心にふたをした。死んでまで自分を苦しめると母を恨んだ。


義務のように迎えた七回目の盆法要はあっという間に終わる。もう送り火の時。なすに楊枝で足を付けた牛を三頭盆の上に並べた。と、六時の時報が鳴った。慌てて下駄をつっかけて、正子は小走りで庭に出た。

夕暮れのそう広くない庭の片隅の木槿の花の紫が目に飛び込む。薄紫の花弁に金色の西日が当たり昼間よりむしろ鮮やかな花色。母

が好きだった紫。正子がずっと嫌いだった紫。

　ふいに、正子は紫もそう悪くないと思った。そう思う自分に驚いた。小学校の時に一度だけ来てくれた参観日に、母が着ていたワンピースも紫だった。黒い大きなクジャクの羽の模様は華やかだったな。なぜか実父より義父を懐かしいとも思った。

　紅をさしたように輝く木槿の紫の花の下で、正子はそっと送り火を焚く。麻幹《おがら》の灯が、ゆらゆらと揺れる。経を読むと、涙が流れる。また来年。正子はつぶやいた。

呵々《かか》

いつだったか、結婚して間もなくの頃だったろう。「パパちゃん『呵々』って言葉知ってる。呵々って大事だよ」と妻が言ったことがある。呵々とは「腹の底から笑う」ということらしいが、まだ無口だった私はおそらく無反応だったに違いない。

私、六十七歳。去年大学を定年退職し、今は週一日の非常勤講師。広島市内から車で三十分の山間の団地に住んでいる。還暦に思いがけず再婚した一つ年上の妻は、私のことを『パパちゃん』と呼ぶ。私は、前のとは違い

「圭子」と呼び捨てにした。

不思議なことに、妻とはたわいないことでよく笑い合うようになった。中でも二人の一番の関心事は、近隣に生息し時折我が家の庭まで遊びに来る鹿のことだ。

「三家族いるみたい。斑点の目立つ『バンビ一族』、背中の黒い筋は『黒一族』、白っぽいのが『白一族』」

妻は勝手に名付け、子鹿がチョンチョンと後ずさりして親鹿の尻に隠れて覗くしぐさが可愛いと夢中になった。虚無僧尺八での鹿の鳴き声は「ハヒフ」の音階だと説明すると「ハヒちゃんがいる」と見かける度にはしゃぐ。

鹿のほうでも情が湧いたのか、小旅行で三

日も留守をして帰った晩、「キョン」と鳴いて玄関先の坂道からこちらを見つめて立っていたことがある。「心配してたんだね。本で読んだんだけど、鹿はね、甘えた時に『キョン』って鳴くんだって」と大喜びした。

　最近、「ヨタヨタ散歩」と称して始めた鹿探しの早朝散歩では、仲良く手をつなぐ。妻は「ハヒフー、ハヒフー。キョン」と大きな声で鹿を呼び、私は恥ずかしくてつぶやく程度だが、二人してオッチラオッチラ坂道を歩く。私は「似たもの夫婦だ」と一人ニンマリする。

　そんなある日、妻は真顔で聞いた。

「私ね、心の真ん中に大きな穴がぽっかり空

いていたの。子供も元気に成長して充分だと思ってたけど、でも、このままじゃ私かわいそうって。今は呵々。パパちゃんは？」
夫の浮気で離婚し障害のある子供を連れて苦労したとはいえ「元気印、やり手」が代名詞だった妻の言葉に、私は思わず顔を見た。

今年の、夏の暑い日……妻は逝った。
脳動脈瘤破裂。突然の別れだった。「無口じゃなかったの？」と妻が苦笑するほど饒舌になった私のそばに、いつまでも妻はいるはずだった。まだ七年、たった七年。これからだった。

何も手につかないまま四十九日を迎えた夜、

鹿が鳴いた。キョン。あの鳴き声だ。走って外に出た。人感センサーで燈った玄関灯の白みを帯びた光の中に、鹿の姿が浮かび上がる。ジッとこちらを見つめていた。私は、泣き出しそうになってたたずむ。

いくらかの時が経って、鹿は踵を返し始めた。私はとっさに叫んだ。

「呵々、呵々だね」

妻がかわいいと言った白いハート型の尻を見せて、鹿はゆっくりと走り出した。

夢のエルザさん

「予知夢を見る」と信じる花子は、ある日、夢を見た。不思議な女性の夢だ。その女性は、水色の地模様にカラフルな花のモチーフのドレスを着て、コロコロと笑いながら、とても麗らかに草花や小鳥たちや道で出会う犬にまで声を掛ける。

「おはよう。今日もいいお天気ね。さぁ、元気出して。じゃ、バロン、またね」

「バロン」は、犬の名前のようだ。そして飛ぶように歩く彼女の姿はまるで花びらが躍るようだと、花子は思った。

たったそれだけの夢なのに、花子の心をつかんだ。「この夢は、私に何かを教えようとしているに違いない」と。花子は予知夢を信じるあまり、気になって仕方がない。

夜、花子は「もう一度同じ夢を見るのだ」と、強い念を持って床に入った。横には夫が寝息を立てている。

夫とは、気が付けばテレビのクイズ番組以外に話が合わなくなっている。しかも、夫はたいてい花子の話には無反応だ。いや、反応して大仏様のような半眼の目を向けると、それはそれで厄介だ。その後しばらく続く不毛なやりとりは、花子を奈落の底に突き落とす。

夫の様子はともかく、花子は寝つきが良

かった。すぐに夢の世界へと入っていき、花子が切願した夢の再現はかなった。夢の女性は現れた。

女性が答えた感じはしないが「エルザさん」というらしい。そして、いきなりエルザさん宅訪問。どうやら集合住宅のようだ。エレベーターがちょっと変わっていて木の戸板。彼女はぴょんと飛び乗って、カタカタと戸板を揺らしながら上手に上がる。

何階だろうか。屋根裏部屋に着いた。腰高までのこげ茶色の板張りがある壁面は、上部がしっくい造り。大正ロマンめいた部屋で、進駐軍用の旅館だったという家を買い取って住んでいた花子の実家に似ていた。

エルザさんは、また今日も出かけた。昨日

と同じ。水色の地模様にカラフルな花のモチーフが付いたドレスを着て、コロコロと笑いながら麗らかに草花や小鳥たちや道で出会う犬にまで声を掛けながら歩く。

「いつも同じなんだ」と花子が思った瞬間、花子の意識は完全に現実世界に引き戻された。トイレ。いつも尿意を感じて目が覚める花子は、慌ててトイレに駆け込む。

　スッキリした花子の朝の始まりは、まず家中のカーテンを開けること。十五坪ほどの小さな平屋だが、窓だけは多い。花子は未だ床の中でグダグダと寝ている夫を尻目に作業を進める。

開かれた窓の向こうには薄墨《うすずみ》色の早朝の景

色が広がる。向かいの山肌からは滝雲が現れ、やがて山裾の民家を包み込む。すべてが薄墨《うすずみ》色に染まるいつもの朝。いつもの……。花子はふと夢の意図がわかった気がした。

　薄墨《うすずみ》色の景色は次第に朝の日を受けて色付き始め、夫が細い目を開けた。

トレビの泉

「いいですかぁ、よく聞いてくださいよ」

ローマの名物ガイド本多は、トレビの泉の前でツアー客に得意げに語った。

「トレビの泉のいわれですよ。コイン一枚は再びローマに帰る、二枚は恋が成就する、三枚は悪縁を断つ。あなたは何枚投げますかぁ。ほらっ、奥さん、あなたですよ」

本多は面白おかしく数人を指して質問。やがて夫婦で参加していた由紀子に言った。

「こんな人よく連れて歩きますねぇ。疲れるでしょう。はい、奥さんはコイン三枚投げ

て」

と、すかさず由紀子の夫一太《いちた》が質問した。

「僕は何枚投げたらいいの？」

毒舌で売っているらしい初老の本多は、しめたとばかりに即答した。

「旦那さんは、身を投げて」

一太は「うまいことを言う」と、顔をクシャクシャにして笑い転げる。笑いのツボにはまったらしい。この変なところに惚れて結婚した由紀子だが、連れ添ってみると鼻につく。


再婚八年目を記念しての旅行。奮発してイタリア周遊を選んだ旅だか、朝起きてから夜寝るまでずっと一緒にいると「成田離婚」が

わかる気がすると由紀子は落胆する。

一太はというと、ヴェネチアの船の中で「トイレは大丈夫ですね」と添乗員に言われたから言い出せなかったが本当はトイレに行きたかったと半べそをかき、ポンペイの馬車のわだちと横断歩道……並べればきりがないほどの大昔の発展に興奮しヒャーヒャーと騒ぐ。とても定年を迎えた男とは思えない天真爛漫さで楽しんでいる。

百歩譲って子供っぽさは見逃すとしても、毎朝の集合時間に遅れる一太が、由紀子には我慢ならなかった。

常日頃から一太に「早く」は禁句。うっかり口にしようものなら、速度はたちまち半分に。足先に鉛が付いたように動かなくなる。

幼子を見守る母の気分で我慢する由紀子。

「コイン三枚投げとけばよかった」


能天気な夫との忍耐の旅の終盤はナポリ。最後のホテルはテラス付きだ。イタリアでは一番整った最高の部屋だと、由紀子は喜ぶ。

ならば、せめて早朝の景色を一人で楽しもうと、由紀子はイソイソとテラスに出た。モザイクタイルのテラス。極彩色のガーデンチェア。眼下に地中海が広がり、前方にはカプリ島が見える。

「まぁ、素敵。あぁ、イタリアだわぁ」

イタリアの風に酔いしれる由紀子。まるで女優のようにしなやかに両手を広げてふわりと大げさに椅子に腰をかける。

とその瞬間、きゃしゃな椅子の足が折れて由紀子のパンパンに太った体が宙を舞った。

「ぎゃー」

静寂を揺るがす由紀子の声。一目散に駆けつける一太。イタリアに感化され中身はすでに中世の騎士と化した一太は、ガッシとふくよかな由紀子を抱きしめ、力強く叫んだ。

「大丈夫さ、君には僕がついている」

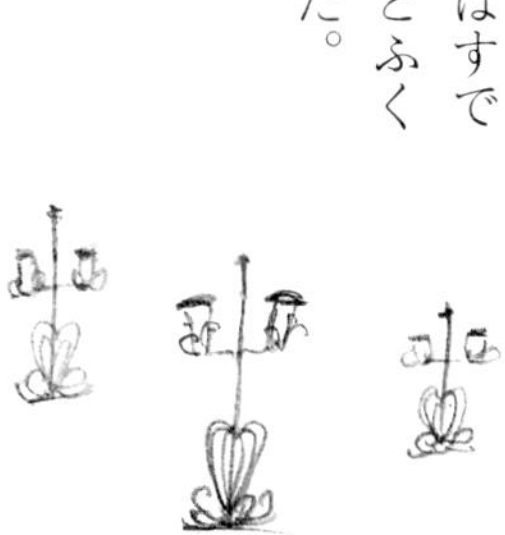

アルベロベッロの恋

「きゃーっ」

芽衣は、思いがけず降り出した雪に濡れた石畳みの坂を一気に滑り落ちた。転がった芽衣の目に、立ち並ぶモンティ地区の石の家トゥルリが目くるめく速さで飛んでいく。

対策も何も考えられない。芽衣は車道まで落ちたらどうしよう、と怖くて無言になったまま落ちていった。

と突然、顔の真上に男の顔が現れた。「えっ、ええっ」。芽衣は仰天。状況が呑み込めない。

「アーユーオッケー?」

男は声をかけてきた。とともに、男の大きな手が芽衣の両腕をつかんだ。

助かった。芽衣はホッとすると、いきなり恥ずかしさがこみ上げた。みるみる顔面蒼白、いや真っ赤になった。

あっあ、ありがとうってどう言うんだっけ、サンキュー…サンキューじゃない。ダンケシェン、違う、これはドイツ語だ。あーん。と芽衣が必死に考えていると、その男、いや、精悍な顔立ちの少々イケメンの青年は片言の日本語で「だいじょうぶ?」と言いながら抱き上げてくれた。

恰好いい。芽衣はうっとりと初めての体験を享受してしまった。芽衣に意識が戻るまでには時間が必要だ。

芽衣がヘナヘナしている間に、青年は大通りまで芽衣を運び歩道に降ろしてくれた。やっと落ち着いた芽衣は、それでも到底イタリア語の感謝の言葉など思い出せず、「ありがとうございます」と言って深々と頭を下げた。途端に体勢を崩して再び転びそうに。青年は笑いながら「ホテルまで送る」と伝えた。芽衣は、厚意に甘えることにした。

芽衣は、大学の友人と三人でイタリアに卒業旅行で来ていた。ドバイ経由ミラノ着のこの旅は、七日目の二月二十三日の朝。マテーラの洞窟住居に出発する前のわずかな時間を利用して、世界遺産のアルベロベッロを散策。憧れの町を楽しむはずだった。ところが、南

方にもかかわらず雪に見舞われたのだ。

先に帰っていた二人の友人、桜と明菜は心配してホテルの玄関口まで迎えに出ていた。

「ごめーん」

芽衣は二人にいきさつを説明し、彼を紹介した。

「えっと、お名前、お名前は……」

青いジャケットにジーンズを履いた青年はアントニオと名乗り、大学で工学を学ぶ院生だと英語で自己紹介した。

浅黒い彫りの深い顔に、吸い込まれそうなブルーグレーの瞳。坊主頭が安心感を与えた。一瞬で芽衣は恋に落ちた。

青年が帰って、出発準備のために部屋に入

ると、いきなり甲高い声で桜と明菜は芽衣を冷やかした。

「このーっ。うらやましいやん」

「トレビの泉でコイン投げたのが良かったんじゃない」

　芽衣は火照ったほほに両手を当て、天を仰いだ。

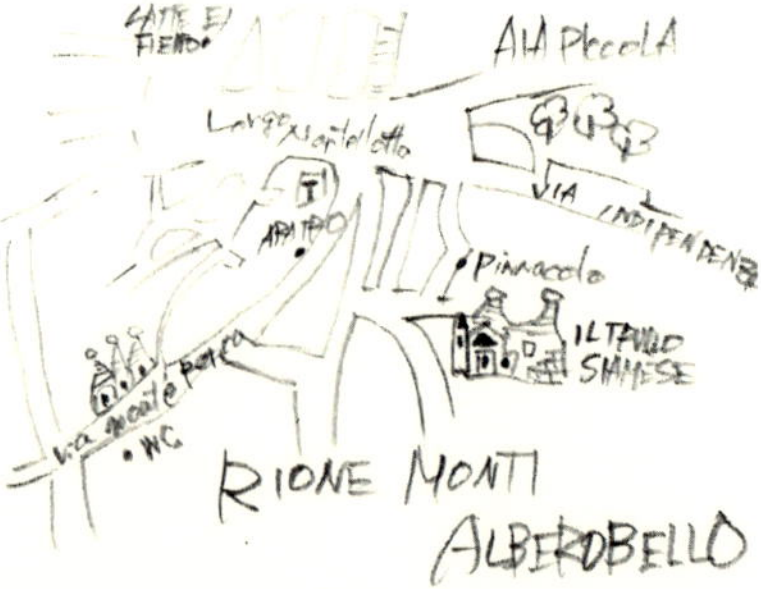

鹿のロクさん

「どうだい、最近は。終わりそうかい？」

後藤は酔いが回ってきたのか、饒舌になる。

「もうすぐですよ。いい感じです」

佐々木は答えた。

土砂災害の後、砂防ダム工事が始まって五年が経つ。三カ所に設置された砂防ダムの周囲は、すっかり様変わりした。生い茂っていた樹木はふもとから数メートルくらいの幅で伐採され、山際の景色が今ではすっかり見通せるようになっている。

後藤はこの計画の初めから測量士としてか

かわった。佐々木は建設会社の現場監督でやはり最初から携わった。

佐々木は、饒舌になった後藤が泣き出しはしないかとヒヤヒヤしながら見守っている。

「あいつがなぁ、あいつが元気でいるのか心配なんだよ。あれ以来見ていないからなぁ」

後藤は、佐々木の答えがいつも変わらないのを知りながらも、喋らずにはいられないふうである。

「あいつは可愛くてさぁ。俺が測量を始めると必ずジーっと見てるんだよ。ほかの者が『見てますよ、ほらっ、見てますよ』と教えてくれるんだ。俺は、わざと気が付かないふりして測量を続けるんだよ」

後藤はことのほか懐かしいといった体で目をつむる。酒のせいか、目の周りが赤みを増したように見える

あいつというのは、オス鹿のロクのこと。立派な角を携えたロクは、威圧感のある外観に似合わず優しい目をして懐いた。後藤は敬意を表して「ロクさん」と名付けた。

後藤とロクの付き合いは長くなった。遠目に観察していたロクは次第に近づき、しまいにはすぐそばの木陰から後藤の仕事を見守るようになっていった。

後藤は「俺とロクさんは意思の疎通ができてるんだ。会話できるんだぞ」と自慢した。実際、後藤がハヒフーっと鹿の鳴きまね

をすると、ロクのほうはフリーズして反応する。後藤が「キョン」と鳴くと、ロクも確かに「キョン」と鳴く。周りの者は「聞いたか、キョンと言った」と興奮した。


ある日、後藤が急斜面の測量をしていた時だった。ロクは相変わらずそばにいた。いいコンビだと皆は笑った。

と、雨上がりの斜面に足を取られた後藤が体勢を崩した。あわや、崖っぷち。危ない。後藤が大きくのけぞった。ロクはすかさず後藤めがけて飛びついた。

パーン。

乾いた音がこだました。害獣駆除の依頼を受けて視察に来ていたハンターの撃った銃の

音だ。ロクの立派な角と大きな体がもんどりうって転がった。


何度も同じシーンを思い出すのに、後藤はやっぱりまた泣いた。その時も大声で泣いたのを知っている佐々木は、そっと酒を勧めた。

「あいつはね、俺を助けようとしたんだ。襲ったんじゃないんだ」

後藤は、もう一杯飲み干した。

バイブリーの出会い

僕はイースターの始まりの日に、英国一美しいと言われる小さな村バイブリーに着いた。とはいえ、この時の僕にとってイースターなんてどうでもよかったのだが。つまり偶然にも、と言ったところだ。

僕、林健太郎は、広島の水産試験場に勤める公務員で、大学院を二年前に卒業したばかりの新米社会人だ。魚が大好きな僕は、好きなことを仕事にできた幸せでついつい有給休暇を取り忘れる。上司に促されての長期休暇だ。

実は、魚の中では特にウマヅラハギが好きだ。あいつの賢さには本当にはまる。危険を感じるとキキッと啼いて仲間に知らせ、安全と判断すればすくい上げても沈黙のまま。彼には感情がある。僕は、人間よりも魚が好きかも。

九日間の旅は、このバイブリーでのんびり過ごす予定だ。マス料理が名物のここには、十五エーカーにも及ぶマスの養殖場がある。その運営を見てみたいと思うしね。ウマヅラハギならもっといいが。まあ、楽しむさ。

アーリントン・ロウという石造りの民宿に荷物を置くと、養殖場に出向いた。売店までは無料。ちょっと太めの若い店員に挨拶した。

「アロー」

「エンジョイ」

なぜか英国の店員から返ってくる言葉はどこでも大抵エンジョイだな、と思っていると突然日本語が聞こえた。

「日本の方ですか。私、今日本に留学中です」

と、女性の声。店員の友達だという。

「えっ、留学中なのに？」

とっさに僕は、イギリスにいる不思議に言及した。

「イースターだから。だって、こんな日にグランマが一人じゃ可哀想でしょ」

彼女の名前はブルックリン。一時間半ほど離れたバース市街の三日月形の貴族のマン

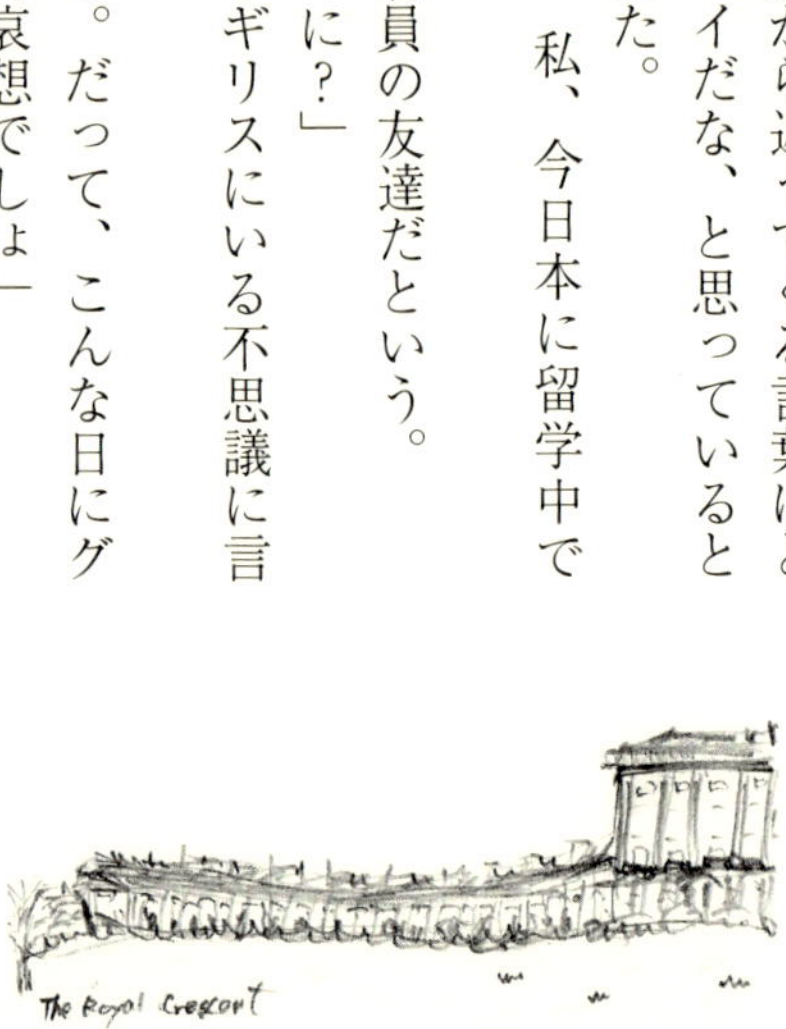

ション「ロイヤルクレッセント」に住んでいたが、両親を事故で失って母方の祖母に引き取られて育ったという。

「ここはね、昔は羊織物で栄えていたの。グランマも織物職人として働いて私を育てたの」

　クルクルとカールしたグレー掛かった栗毛と丸い顔。目の間が離れたファニーフェイスはヒーッと笑うと丸い顔が横に広がって、ますます愛くるしい。ずっと見ていたい衝動に駆られるが我慢する。

　僕は、毎日彼女と散歩した。時には売店の友達も誘ってバーベキューを楽しんだ。もちろん魚は食べない。それが面白いと彼女は笑う。僕も一緒に笑う。楽しくてたまらない。

イギリスは、二月に花開いた桜や水仙も途中の寒波到来のおかげで開花時期が延びて今が盛り。五月に刈り取られる菜の花も八分咲きできれい。空は限りなく青い。すべてのロケーションが、帰国が迫った僕を引き留める。

いや、イースターが終われば彼女も日本だ。僕だけここに残ってどうする。藤の花、アジサイ……今度は日本の四季を彼女と歩こう。魚より好きになるなんて想定外だ。よーし。

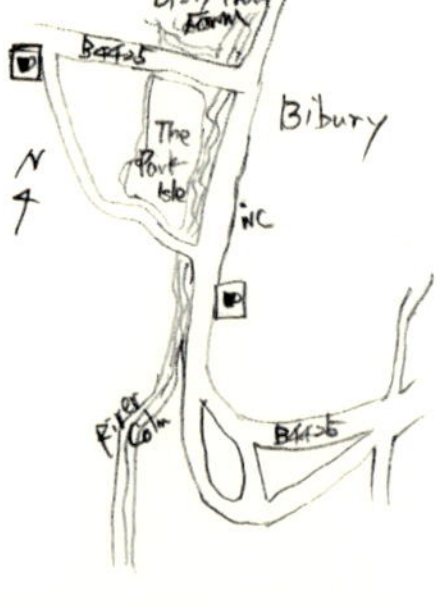

Pカードの女

「名古屋からエミレーツ航空のリムジンバスで来たのよ。あなたは?」

ツアーの行列に並んでいた私に、一人参加の女性が話しかけてきた。菊子さんだ。

「広島から関空まで新幹線とはるかで」

「自腹でぇ?」

ずけずけと聞いてくる。左ひざを痛めたまま九日間のイギリス旅行に参加した私は心細く、辛辣な接近も不快でもなく受け止めた。

この旅行は総勢三十三名、大きな団体だ。菊子さんのほかに、夫婦連れやかつての同僚

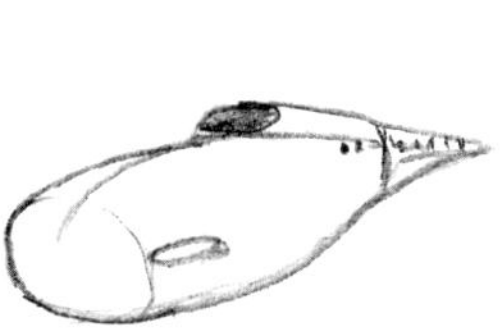

同士という男二人組、友達同士の女四人組など様々なメンバーで構成されている。

トランジットでドバイに着いた時のこと。「一緒にカードラウンジに行こう」と菊子さんが誘ってくれた。

「あっ、でも、私のカードでは入れないのよ。ビジネスクラス以上の航空チケットじゃなきゃダメでしょ」

「私のは大丈夫」

エコノミーでも利用できると、Pの字の入ったブラックカードを見せてくれた。すごい。ブラックカードって誰でも持てるものではないのに。私は改めて彼女を見つめた。

服装は普通。雰囲気も普通。とてもお金持

ちの奥様には、失礼だが見えない。かといって、バリバリのキャリアウーマンふうでもない。それこそ私の視線が辛辣だったのか、彼女は勝手に疑問を解明してくれた。

「時給九百円で月に四、五日働く程度の主婦。夫は東北の実家の法事で来れなかった」

　えっ、法事のスルーはダメでしょ。怪訝そうな私をよそに、ますます甲高い声で喋る。

「私ね、湖水地方が楽しみなんだ」

　ええっ、湖水地方と言えばピーターラビットの里。イメージと違う。半ば放心状態の私を残し、彼女は意気揚々とラウンジに消えた。嵐の後の静けさ。肩の力が抜けた。

　彼女のにぎやかさは機内でも、エジンバラ空港でも、ホテルでも……ほかの人たちに対

しても同じ。浮いていると言えば浮いている
し、おかげで楽しいとも言えなくはない。

ところが、湖水地方の湖で観光船に乗っ
た時、その日は強風でひどく寒い日だった。
たった二人で甲板に残った彼女と私。両岸の
別荘を見つめながら彼女はポツリと言った。
「私ね、湖水地方に憧れているの」
驚いたことに寂しそうだ。声のトーンもオ
クターブ下がっている。別人か。本当は独身
かな、それとも離婚が差し迫っているのか。
いやいや……再び思案顔になる私に気づいた
のか、元の騒々しさで、遠くを指さした。
「いくら寒くても、この景色見なきゃ損よ
ね」

声色も戻っている。やっぱり彼女は、饒舌でオクターブ高い話声がいい。何があるのか知らないけれど。誰でも、何かあるもの。ね。

帰りのロンドンの空港でもドバイでも彼女は「二カ所はしごしたぁ」とＰカードを最大限に活用してご満悦。にぎやかさ全開。菊子さんは菊子さんらしくなって帰って行った。

博士のプロポーズ

還暦を迎えた博士は、経済学を専門とする公立大学の教授。口癖は「学者としては成功しなかったから長寿で勝負。百二十四歳まで生きる」である。なんとも控えめな性格だ。ところが、突如人格が変わった。いや、もとはと言えば学者特有の粘り強い性格。内に秘めた積極性が顔を出したと言うべきか。

ある日、十年来想いを寄せた知人女性と七十五キロ離れた島の美術館へ行くことに。運転を頼まれたのだ。絶好のチャンス。道中、

口下手な博士が決死の覚悟で口火を切る。

「や、山本さんは、もう結婚しないのですか？」

「うーん、最初に結婚ありきというのは、もうありませんね。でも、絶対にしないという訳ではありません」

山本女史の言葉に一縷の望みを持った博士。今だとばかりに猛然にアタックした。

「ぼ、僕なんか、どうですか」

博士は勇気ある自分の行動を腹の中で褒めた。が、二歳上の女史はサラリとかわした。

「うーん、教授ですから相手にとって不足はありませんけどね」

不足がないって、オッケイってことなのか？　博士は女史の顔を盗み見た。普段表情豊かなはずの彼女の顔は、ものの見事に無表情だった。可能性は限りなく低い。次の言葉を失った博士は、とっさにＪＲの上手な使い方を質問した。

「ジパングがいいですよ」

と女史。尚も取り付く島も無い。博士は、ことさら小さい軽自動車の中でますます身を縮めた。


三か月後の夏。

断念したかと思いきや、しぶとい博士は久しぶりに彼女に電話する。

「あのぉ、ジパングの件ですが……」

男性の取得資格は六十五歳である旨を告げ、続けた。

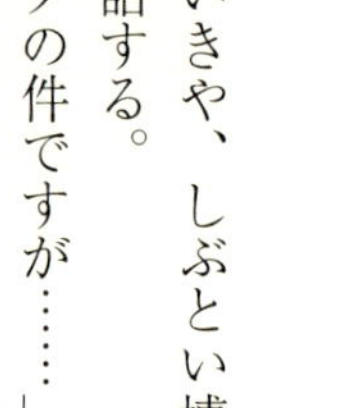

「資格のある伴侶がいればいいんです。結婚しませんか」

とプロポーズ。言った。博士の心臓は高鳴った。まるで審判を待つ囚人のよう。

「ジパングでですかぁ」

女史は笑い転げた。……博士は落胆した。

それでも食い下がる博士。イカ好きと聞けばイカで、イカがだめならタコでと、何度も誘ったがいずれも成果なし。


年も明けて二月。

「研究でドイツに行ってきたんですが、お土産の賞味期限が切れそうで、どうしましょう」

「それは何ですか？」

中身次第と言わんばかりに冷静な女史。

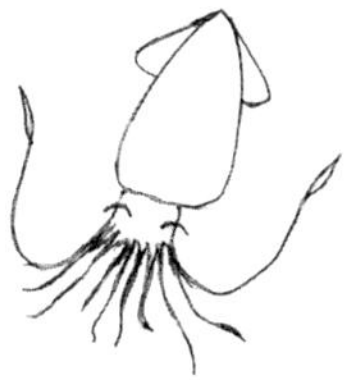

チョコレートだと告げ、食事の承諾を得た。

今度こそは。博士は最後の力を振り絞った。

「僕ほど誠実で優しい人間はいません。その僕を断るというのなら、あなたは見る目がありません。見る目を養ったらどうですか」

博士は啖呵を切った。チンギス・ハーンのような細い目を見開いて、返事を待つ。

「男の人を信じていないの。結婚したいのなら婚約指輪かサインした婚姻届を持ってきて」

女史の言葉を承諾と確信して喜ぶ博士。ショッピングモールの入口で受け取った半額セールのチラシを握りしめ、言い放った。

「それでは、今すぐ買いに行きましょう」

爺ちゃんに会えるバス

俺は、ある夜、不思議な体験をした。バス停で待っていると、古いボンネットバスがやってきて、俺は飛び乗った。俺が乗るや否や、バスはたちまち次のバス停を案内した。

「たびらー、たびらー」

「田平」か、懐かしい。俺は子供の頃に住んでいた町を思い出した。鉄道の駅からそう遠くない、大人の足で十五分も歩けば着くような場所なのに、家から一本小道を挟んだところに田んぼがあった。いなごもいた。

その町は、その田んぼもいつの間にか無く

なって、町名も「若草町」に変わった。

懐かしく思い出しているところへ、木製の大きな箱を積んだ乳母車を押した老人が通りかかった。

「爺ちゃん」

俺は思わず叫んで、停車ボタンを押した。


祖父は俺を可愛がってくれた。定年後に末娘が置いていった幼い俺を育てるのに、使わなくなった乳母車の骨格を利用して手製の木箱を載せて運搬車を作り、それに百キロ離れた町から仕入れた和洋菓子を載せて、一日中、町の小売店に卸して歩いた。

祖父は家に帰ると玄関先で、迎えに出た俺に握りこぶしの両手を差し出して言った。

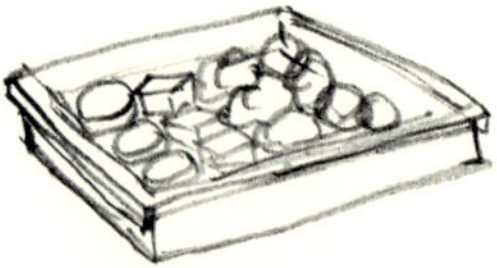

「ほれっ、義男、どっちがいい？」

手には一円玉と十円玉が握られていた。

「こっち」

毎日一喜一憂したものだ。

中学校に入って、新しく出来た友達に「義男って可哀想な奴だな」と言われ、驚いたことがある。可哀想な境遇だと思うことなく祖父母の愛に包まれて育ったからだ。

そんな爺ちゃんに……。

一気に後悔の気持ちが押し寄せた。

あの頃、親友と学校の帰り道に橋の欄干に腰掛けて話をしていた時だ。祖父があの乳母車を押して帰ってきた。俺は恥ずかしくて気が付かないふりをした。

その夜、祖父を無視したことを反省した。

金輪際、見栄を張るのはやめよう。貧乏なら貧乏だと胸を張って言おう。そう誓った。

祖父には何も言わないまましばらく経ったあの日、三学期の始業式の日。俺はクラス役員をするのは本当は嫌だった。それでも画用紙を四つ切にした小さな委任状を持ち帰ると祖父が喜ぶから「風紀委員」を拝命して昼前に帰った。

「お爺ちゃんが亡くなったの」

玄関先でいきなり、隣町に住む伯母が言った。脳梗塞だという。突然のことで訳がわからなかった。まだ祖父に謝っていないのに。今度こそ「お帰り」って友達の前でも言うはずだったのに。俺は、我を忘れて泣いた。

「止めてください。降ります」

バスは止まらず走る。俺は業を煮やしておんぼろバスの窓を開けて叫んだ。

「爺ちゃん、お帰り。義男だよ、お帰り」

老人はこっちを見て笑った。やっぱり爺ちゃんだ。言えた。祖父に言えた。

やがて、老人の姿も見えなくなって、黙々と走るバスの車窓に俺の泣き顔が映る。その時、車内放送は次のバス停を告げた。

「次は、若草町、若草町」

妹

「えっ」

健康ネタのテレビを見ていた私は、あまりにも突然、忘れることができなかった妹の死の真相が見つかり驚いた。専門医が解説した病は「クロウ・深瀬症候群」だった。

ごく最近解明された病で、原因は末梢神経の異常。体毛が濃くなり、手足のしびれにより歩くことも箸を持つことも難しくなる。突然死にもつながるという。医師の説明のすべてが、妹愛子に当てはまる。

妹

二十年前に三十三歳で逝った妹が生まれたのは、私が高校一年の時。義父の孝雄が四十三歳、母の綾子が三十五歳。孝雄は初めての我が子を溺愛した。赤坊だった私を手放した母にとっても、初めての子育て。母は喜んだ。

両親の愛情に包まれて素直に育った妹は、誰から見ても愛らしかった。隣町で祖母と暮らす私が遊びに行くと「あーちゃんのもあげる」と菓子を半分くれた。成長すると「お姉ちゃん、食べて食べて」と母に代わり料理をいっぱい作って、甘えた声で勧めてくれた。

そんな妹がうつ病を発症したのは、美術系の専門学校に入学してすぐ、自己紹介にしくじったことが原因だった。自殺しようとしたのを母が引き留めて事なきを得たという。

それでも、妹は妹なりに頑張った。美容学校に入り直して、美容師資格を取得。漫画家を志して二十代初めに出版。筆名に私の名前を付けていた。簿記検定の三級と二級も取得した。

ひきこもりだった妹がやっと社会に出たのは三十歳。義父が病気で働けなくなったのがきっかけだった。最初は心細かっただろうが、それでも量販店で働く妹は楽しそうに見えた。片思いの相手がいたことも、後でわかった。

義父が透析のバイパス手術を受け入院した時、見舞い方々母娘三人は集合。病院の食堂で食事をした。「なに食べる？　ご馳走するよ」と私が言うと、母は「愛子、おむすびがいいんでしょ。箸を突き刺して食べられるか

ら」と奇妙なことを言う。

妹は「（漫画が）もう描けない。指が硬くなったの。触ってみて。あっ、でも、お父さんが退院するまではちゃんとするから」と慌てて言い放つ。一瞬気味が悪くて、妹の手に触れなかった。私はあの時、見捨てた気がする。

数日後、義父は退院。翌朝、妹は冷たくなって発見された。自殺を疑った。卑怯よ。育ててもらってない私に親を押し付けて。言葉とはうらはらに、私は自分を責めた。

検死医は「前夜十時過ぎ心筋梗塞で他界。ホルモン異常の既往症あり」と伝えた。十時、義父の容態を聞くために電話しようとしてやめた時間だ。妹は最後まで私に助けを求めた。

泣いても泣いても涙が止まらない。

気が付くと、テレビ画面には患者が登場。「全身の血を入れ替えて命の危機を乗り越えた」と喜び、「必死で病院を探した」と夫が寄り添う……私はリモコンに手を伸ばす。

画・晴姫芳巳

随想

四方康行

地域循環型社会の構築

循環型社会とは、自然界から採取する資源をできるだけ少なくし、資源の有効利用によって、廃棄されるものを最小限に抑える社会のことである。２０００年に循環型社会形成推進基本法が制定された。

各地域では循環型社会の取り組みがＮＰＯなどを主体にして行われている。その一例として、菜の花プロジェクトがある。菜の花プロジェクトとは、琵琶湖の汚染問題から廃食油の石けんへの再生利用をしていた滋賀県愛東町で、無リン石けんが普及したのでその活

動を転換し、菜種から食用油を生産し、その廃食油を軽油代替燃料として活用しようと始まったものである。ここでは、菜の花（菜種）→食用油→廃食油→軽油代替燃料（ＢＤＦ）が必ずしも地域で循環しているとは限らないが、地球温暖化防止の観点から、二酸化炭素削減に貢献でき注目されている。

広島県では北広島町が七十四カ所の回収拠点を設置し、廃食油から精製したＢＤＦを町営バスへの利用や一般への販売を行っている。町では、一般世帯を中心に廃食油の回収を行っているので、その量は多くはないが、運動という意味で事業所よりも一般世帯を重視している。

また、生ごみのリサイクルも各地域や販売

店、飲食店などの事業所で取り組まれている。

これは、食品リサイクルを行う上で重要な課題である。農産物→食品→生ごみ→堆肥→農産物という目に見えた循環がわかりやすく、環境問題を考えるには良い取り組みとなる。

山形県長井市のレインボープラン推進協議会は、農業者と消費者を結ぶ取り組みが評価されて、日本農業賞「食の架け橋賞」大賞を受賞した。この事例は、農林水産省の『食料・農業・農村白書』で紹介されるなど以前から有名であったが、水切りバケツを各家庭で用意し、生ごみをしっかり水切りし回収日に収集所に持っていく。言うのは簡単なようであるが、実際は異物の混入などうまくいかないことが多い。長井市では異物の混入はわずかであるという。その理由は、収集所に持ってきた時に全員が顔なじみであるので、いい加減には出せないということである。循環型社会の構築には、単に物の循環だけではなく人の環が大切であると言える。

以上は今から十年以上前に取材した話である。その後、どのようになっているのか、また調査したいものである。

私は大学を数年前に定年退職した。今は、週一回ほどの非常勤講師をしている。大学時代は環境フィールドワークの演習で毎年岡山県真庭市の観光連盟が実施しているバイオマスツアーに学生を連れて参加してきた。十年近く続いた。真庭市は三年前に、市の八割近くを占める豊かな森林資源を利用したバイオマス発電所を稼働させた。間伐材や樹皮などの未利用資源や製材所から出る端材などのバイオマスを燃料とするものであるが、市の総世帯の需要を上回る発電量が望める。これもリピーターとして再度参加して確かめたい。

米粉の消費拡大を望む

我が家ではホームベーカリーを使い、米からパンを作って食べている。もちもちとした食感が好きだが、本当のことを言う。アイガモ農法による水田のオーナーになったはいいが、受け取る米が多少余る結果になってしまったのだ。恥ずかしながら農業分野で禄をはむ私とて、ご飯離れである。ただし少子高齢化が進む日本社会にあっては、いかんともし難い面がある。

主食用の米の自給率はほぼ百%である。しかも六割の水田面積で需要を賄える。にもか

かわらず、米自体の消費は減少するばかりだ。この傾向はさらに進むだろう。

農水省は、米粉の普及に積極的に取り組んでいる。九割近くを輸入に頼っている小麦を米粉に代えれば、おのずと食料自給率がアップする。需要を賄った残り四割の水田面積の用途として、米粉用の米と飼料用の米を加えている。飼料用米は順調に増え、十七年度で米粉用米の作付面積の約20倍になっているが、米粉はまだこれからである。

日本人にとって米粉は、弥生時代から食されていたという。その後も団子や和菓子などの材料として重宝されてきた。最近になって、米粉パンや米粉麺が登場してきた。

ほかにも様々な可能性がある。例えば、天

ぷら粉やから揚げ粉。小麦粉よりも油を吸収しにくい性質により、からっと揚がってヘルシーである。日本の食卓の人気メニュー、から揚げの粉を米粉に代えるだけで、一気に食料自給率は上昇するはずだ。

しかしながら問題もある。米粉の原料価格は小麦粉に比べて安いのはいいが、製粉コストは2倍以上になって製品価格で逆転してしまう。製粉技術の向上による加工コストの引き下げが課題だ。

東広島市に「農事組合法人ファーム・おだ」がある。小田地区十三集落で平均一戸当たり七十アールの農地を集積し約百ヘクタールを一括管理し、個別経営では毎年赤字が出るところを、機械の投資額を十分の一にして黒字に転換したモデルケースである。現在八十六ヘクタールの水田経営を行っている。そのうち米粉用米は三ヘクタール強である。十二年に米粉パンの店「パン&米夢（パントマイム）」を開店したことで年間の売上高が大きく変わった。以前は五〜六千万円台だったのが十二年からは八千万円台、十三年は一億一千万円台と大幅に伸びた。米粉パンの売り上げが功を奏したと言っていいのだろう。

中山間地域が多い広島県では、一集落から数集落単位で農業経営を行う集落法人化が全国で最も進んでいる。事例のような活力ある農業法人が増え、食卓にも米粉のパンや麺、多くの総菜が並ぶ日が近づくと良い。

アジアは稲作文化圏であり、各国に独自の

食文化が発展している。ビーフンやベトナムのフォーなど、米粉を使った料理も多くある。欧米で飲まれているライスミルクも普及し出した。米粉という共通の文化を見出すことで、より豊かな食文化が形成されることを望む。

シカとの共生

私の住んでいるところは山のふもとで、野生のシカによく遭遇する。私と妻は、シカの姿を見れば、「ハヒフー、キョン」と呼び掛けて、コミュニケーションを図っている。夫婦喧嘩といえば大げさであるが、ちょっとしたいさかいでお互いに不機嫌な状態にあっても、また、そのような時に限って、シカが現れて私たちの仲を取り持ってくれる。私たちにとっては、なくてはならない存在になっている。シカとヒトとの共生はどうあるべきか、私見を述べることにする。

現在、多くの農村部ではイノシシやシカ、サルによる農林業被害が問題となって、様々な対策や調査研究が行われている。

例えば、「野生動物との共生」というものの内容は、野生動物をどう頭数管理するのか、そして、害獣として捕獲したイノシシやシカを処分してジビエとして利用しようというものが多い。確かに、被害に遭っている農林業者にとっては喫緊の課題であるし、地域資源としての利用やそれによる地域活性化というのは理解できる。私自身、これまで農業経済学者としてイノシシやシカの地域資源としての利用促進の立場で論文等を書いてきた。

しかし、野生動物が増えすぎて、被害をもたらすので頭数管理のために捕獲し処分することが本当に最善策なのかどうか、間近に、日常的にシカを見るにつけ疑問を感じるのも事実である。

　野生動物の中でも特にシカは、クマなどとは違い、人間を攻撃したり、危害を加えたりすることはまれである。シカと一緒に暮らすことが、どれだけ平和で幸せなことかと実感するのである。

　シカとの共生によるまちづくりが大事ではないかと考えて、五月に放送大学奈良学習センターで行われた面接授業『「奈良のシカ」の社会学』に夫婦で参加した。授業は二日にわたる集中講義で、二日目はフィールドに出かけての実地学習だった。奈良公園でのシカとヒトとの触れ合いは周知のとおり。思いもようなかったのが、シカによる景観の維持管理や防犯のこと。シカが地面の芝や樹木の葉を食べてできる景観をディアライン（鹿摂食線）といって、公園の周りの森が美しく開放的に見渡せるようになっている。これは、シカのもたらすプラスの効果で、観光や芝を刈る労働力などを評価すれば相当な金額になるという。

過去には、シカをサファリ方式の動物園にしようとの考えもあったが、当時の観光協会長の強い反対で、現在の自由な放牧方式が維持されたと学んだ。結果、このようなシカをシンボルとした奈良の観光が成り立っているのである。まったく賛成である。

最後に講師にシカの鳴き声をお願いした。

講師はためらいながらも「ハヒー」と叫んだ。これも、シカの取り持つ師弟のかかわり。楽しいかぎりである。殺生することのない共生を探りたいものである。

あとがき

本書は掌編集である。掌編（篇）とは、何か。インターネットで調べれば、最も簡潔に「ごく短い文芸作品」とあった。掌編小説についても調べた。掌編小説とは、短編小説よりも短く、さらにショートショートよりも短い小説とある。掌篇小説の名付け親は純愛小説『天の夕顔』で有名な中河与一とのこと。川端康成の一二二編の掌編小説が新潮文庫『掌の小説』（てのひらのしょうせつ）に収められている。本書を掌《てのひら》小説・随想集とした。

掌編について初めて知ったのは、中国新聞文化センターで毎月一回、開講されている文章講座に参加してからである。教室では、講師が、毎回数本分を批評して紹介する。そこでは小説と随想（随筆）に分けられていた。

本書は、やまねよしみの小説を中心に、付録として四方康行の随想を付け加えた。

なお、随想の「地域循環型社会の構築」と「米粉の消費拡大を望む」は、どちらも講座の文集『えんぴつの花』に掲載されたものであるが、「循環型社会の構築は人の環から」『JA 経営実務 756』（二〇〇六年四月）と「米粉という秘策　農業経営の転機にしよう」『中國新聞　二〇一五年九月五日』をベースに、加除修正したものである。中国新聞においては特別論説委員の佐田尾信作氏にお世話になった。感謝申し上げる。

掌編は奥深いものである。しかし、私にとっては、掌編は書くのも読むのも、とっつきやすい。

本書を手に取ってもらい、少しでも感銘するところがあれば幸いである。

四方康行

◆ 作者プロフィール

やまね よしみ
（本名：四方 芳美　しかた よしみ）

1949 年 1 月 1 日生まれ
山口県徳山市（現・周南市）出身
尾道市立尾道短期大学（現・尾道市立大学）経済科卒業
中央仏教学院 専修課程卒業
放送大学教養学部 発達と教育専攻卒業
東亜大学大学院総合学術研究科 人間科学専攻修士（人間科学）
秘書検定 1 級
日本心理学会認定心理士
浄土真宗本願寺派西本願寺僧侶徳応寺衆徒（釋芳宋）

有限会社クリエイティブ・ワイツー代表取締役
合同会社クリエイティブ・ワイツー代表社員

「尾道市民座」所属団員（主演）

NHK広島放送局嘱託アナウンサー（ラジオ放送担当）

公民館人形講師

公文式算数・数学教室指導者

ロンシャン所属ファッションモデル

中国新聞社・デイリースポーツ広島支社などのリポーター・コラムニスト

RCCラジオ・HFM・CATV「HICAT」メインキャスター・リポーター・コラムニスト

各種イベント・披露宴司会

『マナー講座』講師

中国広東省「広州体育学院」「湛江海洋大学」山東省「山東紡織職業学院」客座（員）講師

著書

『汗かき恥かき記事をかき』（共著）中国新聞社、1994年

『悠遊ヘルシーたいむ』中国新聞社、1996年

『次世代予約販売〈特約付〉』渓水社、2000年

『新聞の鬼 山根真治郎 ―ジャーナリスト養成の祖「新聞学院」をつくった男―』文芸社、2013年

『はじめよう営業活動 ―知っ得！ビジネスのマナーと知識―』（共著）風詠社，星雲社、2014年

『山根家文書 玖珂代官陣屋と町民のくらし』（DVD）（共編）クリエイティブ・ワイツー、2014 年
『新聞の鬼 山根真治郎 ―資料集―』（DVD）（共編）クリエイティブ・ワイツー、2015 年

四方 康行（しかた やすゆき）

1950年7月14日生まれ

京都府京都市出身

京都大学農学部 農林経済学科卒業

京都大学大学院農学研究科農林経済学専攻 修士課程修了

京都大学大学院農学研究科農林経済学専攻 博士課程単位取得

ドイツ連邦共和国ミュンヘン工科大学農業園芸学部客員研究員、麻布大学獣医学部助教授、広島県立大学生物資源学部教授、県立広島大学生命環境学部教授を経て、現在　県立広島大学名誉教授

合同会社しかたやすゆき環境農業不動産経済研究所所長（代表社員）

京都大学博士（農学）

この間、国立農業者大学校、広島県立農業技術大学校、広島修道大学、広島女学院大学、IWAD環境福祉リハビリ専門学校、大和大学で非常勤講師等を歴任

主要著書

『ヨーロッパの有機農業』（共著）家の光協会、1992年

『ドイツにおける農業会計の展開』農林統計協会、1996年

『ドイツにおける農業と環境』（共訳）農文協、1996年

『変貌するEU牛肉産業』（共著）日本経済評論社、1999年

『中山間地域の発展戦略』（編著）農林統計協会、2008年

『農業経営発展の会計学 ―現代、戦前、海外の経営発展―』（共編著）昭和堂、2012年

『はじめよう営業活動 ―知っ得！ビジネスのマナーと知識―』（共著）風詠社，星雲社、2014年

『山根家文書 玖珂代官陣屋と町民のくらし』（DVD）（共編）クリエイティブ・ワイツー、2014年

『新聞の鬼 山根真治郎 ―資料集―』（DVD）（共編）クリエイティブ・ワイツー、2015年

晴姫 芳巳（はるひ よしみ）
（本名：片山 伸子　かたやま のぶこ）

1965年3月12日－1998年7月28日
広島県広島市出身
「妹」中の挿絵は晴姫芳巳編集・発行の『OZ』（大友出版、1986年6月5日発行）、『Perversion2』（大友出版、1987年11月30日発行）より抜粋。

掌小説・随想集　てのひらの愛

2019年12月15日　第1刷発行
著　者　やまねよしみ
　　　　四方康行
発行人　大杉　剛
発行所　株式会社 風詠社
〒553-0001　大阪市福島区海老江5-2-2
　　　　　　大拓ビル5 - 7階
TEL 06（6136）8657　http://fueisha.com/
発売元　株式会社 星雲社
〒112-0005　東京都文京区水道1-3-30
TEL 03（3868）3275
装幀　2DAY
印刷・製本　小野高速印刷株式会社

ISBN978-4-434-26757-4 C0093